La marca indeleble

A LA
ORILLA
DEL VIENTO

La marca indeleble

ALICIA MOLINA

ilustrado por

CARLOS VÉLEZ

FONDO
DE CULTURA
ECONÓMICA

Primera edición,   2016
    Segunda reimpresión, 2019

[Primera edición en libro electrónico, 2016]

Molina, Alicia
    La marca indeleble / Alicia Molina ; ilus. de Carlos Vélez.
— México : FCE, 2016
    54 p. : ilus. ; 19 × 15 cm — (Colec. A la Orilla del Viento)
    ISBN 978-607-16-4393-3

    1. Literatura infantil I. Vélez, Carlos, il. II. Ser. III. t.

LC PZ7   Dewey 808.068 M442m

Distribución mundial

D. R. © 2016, Fondo de Cultura Económica
Carretera Picacho Ajusco, 227; 14738 Ciudad de México
www.fondodeculturaeconomica.com
Comentarios: librosparaninos@fondodeculturaeconomica.com
Tel.: (55)5449-1871

Editoras: Socorro Venegas y Angélica Antonio Monroy
Formación: Miguel Venegas Geffroy

ISBN 978-607-16-4393-3 (rústico)
ISBN 978-607-16-4456-5 (electrónico-epub)
ISBN 978-607-16-4459-6 (electrónico-mobi)

Impreso en México • *Printed in Mexico*

Para Rulo, Esteban e Inés.

Con especial agradecimiento por su colaboración a Esteban Prieto Morán.

A. M.

Para Mateo.

C. V.

Los primeros en darse cuenta de que Inés no estaba fueron los pájaros. Daban vueltas piando y reclamando alrededor de la banca del bosque donde, cada tarde, la princesita se sentaba a tirarles trigo, arroz y alpiste, mientras les contaba sus aventuras de ese día. Luego fue el perro, que comenzó a husmear con insistencia sus huellas que se perdían en mitad del jardín. Benjamín, el gato, también notó su ausencia, y después su hermano Esteban y su primo Rulo y la nana y las dos abuelas.

Unos a otros se tranquilizaban diciendo: "Ya verás que llega para la merienda", "Debe andar jugando con los patos, cerca del lago", "Quizá se entretuvo preguntándole algo a los leñadores, ya saben que es muy curiosa, todo quiere saber".

De pronto oyeron voces. Eran los guardias que protegían el portón y daban de comer a los cocodrilos que vivían en el foso. Habían visto volar al temible dragón

llevando entre sus garras a la pequeña Inés, pero ninguno de ellos alcanzó a ver el gesto de la princesa al observar el valle a vuelo de pájaro.

Cuando las dos abuelas empezaron a llorar, mientras corrían como locas por el castillo, todos se convencieron de que el secuestro era cierto y empezaron a temblar y a temer por la princesa.

Entonces fue el llanto y la desesperación. "¿Qué les vamos a explicar a sus padres cuando regresen de su encomienda? ¿Por qué se la llevó, si es apenas una niñita?, ¿no se supone que sólo roba a las doncellas para que cuiden de él y las regresa siete años después?" Nadie tenía respuestas, sólo más y más preguntas.

Esteban era un paje demasiado joven que apenas había aprendido a montar a caballo y conocía muy elementalmente los deberes y comportamientos propios de un caballero. En cambio, su primo Rulo, tres años mayor, ya recibía entrenamiento militar para convertirse en escudero.

Esteban y Rulo decidieron subir a la torre más alta del castillo para intentar divisar a la temible fiera que había raptado a Inés. Sólo distinguieron un punto verde que se movía en la lejanía y que, de cuando en cuando, lanzaba destellos de fuego. En ese momento empezaron a idear sus primeros planes.

Lo fundamental era averiguar todo acerca de los dragones y de cómo matarlos; después emprenderían el camino. No podían esperar a que regresaran sus padres y todos los caballeros del reino, quienes habían partido tres meses antes a una misión de paz. Pero primero pedirían que les prepararan sus alforjas con comida para cinco días.

Cuando les informaron sus planes a las abuelas, ellas tenían otra urgencia:

—Lo inmediato —dijeron a dos voces— será tranquilizar a Inés, hacerle saber de alguna manera que no la dejaremos sola.

—Sí —terció Rulo—, hay que decirle que vamos a rescatarla.

—¡Y que mataremos al dragón! —completó Esteban.

Una de las abuelas propuso enviarle un recado con una paloma mensajera. La otra sugirió:

—Que la paloma sea escoltada por un halcón, pues volará hasta terrenos muy peligrosos.

Tras pensarlo mejor, juzgaron más peligroso para la paloma volar acompañada del halcón.

Como Inés aún no sabía leer, Esteban, el paje, y Rulo, el escudero, le dibujaron en un papel enorme todas las cosas que a ella le gustaban y lo llenaron de colores. Estaban seguros de que aquel dibujo le diría a la princesa cuánto la querían y que a ella le quedaría claro que no la abandonarían en las garras del dragón.

Después de enviarle el recado a Inés con dos palomas mensajeras, pues al final convinieron que no era bueno que una paloma viajara sola, Esteban y Rulo fueron a hablar con los guardias para que les describieran con precisión a la fiera que habían visto raptar a Inés. Con los datos obtenidos hurgaron en la biblioteca del castillo, y en un enorme tomo, que abierto ocupaba casi toda la mesa, encontraron un dibujo donde se le representaba con sumo detalle.

Era un dragón europeo, de esos que llaman "de aire" debido a su habilidad para volar, con cuatro patas, dos alas enormes en el lomo, dos más pequeñas situadas en los costados y unas aletillas discretas rodeando su enorme cabeza.

Las escamas cubrían su cuerpo como una armadura, sólo su vientre estaba desprotegido y era su punto más vulnerable. La cola, terminada en punta, era como una espada afilada. Tenía además tres enormes cuernos. El derecho y el izquierdo le permitían embestir como un toro. El cuerno del centro, y el más peligroso, era una daga envenenada que podía matar instantáneamente al enemigo herido; un arma mortal, casi tan peligrosa como sus enormes fauces por donde exhalaba fuego a voluntad.

Dragón de Aire

A pesar de ser una fiera descomunal, el dragón lucía hermoso surcando el firmamento con sus tonos verdes y dorados brillando contra los rayos del sol.

Leyeron y leyeron hasta llegar a la parte de cómo darle muerte a la fabulosa fiera. En ese capítulo se explicaba claramente que sólo había tres modos de hacerlo:

Uno. Que un animal más fuerte y más grande que él lo tome desprevenido y le cierre las fauces con fuerza. Esto lo hará enfurecer, y cuando suelte el fogonazo de su ira se quemará por dentro.

Dos. Que alguien más sagaz que él lo confunda y haga que use su veneno contra sí mismo.

Tres. Que el contrincante localice el lugar preciso donde se encuentra su corazón y lo atraviese con un golpe certero. Esto es sumamente difícil, porque el corazón de cada dragón se oculta en un rincón diferente de su gran vientre.

Los dos primos empezaron a acariciar cada una de las posibilidades, dándole vuelta a las ideas y descartando una tras otra.

Como no llegaban a la solución, decidieron partir y seguir pensando en el camino.

Las abuelas llenaron sus alforjas con delicias para cinco días y agregaron tarta de queso, el platillo favorito de la princesita, para que fuera lo primero que comiera después de que la rescataran.

Cuando llevaban dos leguas de camino, Esteban y Rulo se dieron cuenta de que tenían compañía. Un pequeño colibrí revoloteaba sobre sus cabezas moviendo las frágiles alas setenta veces por segundo.

A ratos se posaba brevemente sobre el pelo mullido de Esteban, pero el paje ni lo sentía, porque pesaba apenas cuatro gramos. Tampoco percibían fácilmente su vuelo, pues para ver volar a un colibrí habría que tener vista de águila. Son tan ágiles que pueden mover sus alas en todas direcciones: volar hacia arriba, hacia abajo, de lado y hasta en reversa.

Lo descubrieron hasta que, a unos pasos de ellos, se detuvo a libar el néctar de un prado de flores rojas. Y cuando el pájaro estuvo seguro de que le ponían atención empezó a hablar.

Pese a que los colibrís no se comunican como los seres humanos, sino a través de unos curiosos gorjeos largos y cortos, algunas veces, pocas pero importantes, quien los oye se abre al sentido de esos aparentes ruidos y de pronto se entera de su significado, como si entrara de cabeza en un mundo mágico. Así les pasó a Esteban y a Rulo, quienes escucharon su voz con claridad.

El colibrí les empezó a contar cuánto y por qué amaba a la princesa Inés: ella había ayudado al jardinero a plantar a lo largo del sendero flores rojas, naranjas y rosas lle-

nas de néctar, para darles la bienvenida cada primavera a los cinco colibrís del reino; se había ocupado siempre, yendo y viniendo con una pesada regadera, de que hubiera agua en los bebederos; se había interesado por cada habitante del jardín y por eso todos la querían. Él, ese pajarito mínimo, había sido nombrado por los animales del castillo y sus alrededores como su representante para tan importante viaje, gracias a que, entre todos, era el más sagaz.

Rulo y Esteban se quedaron mirando asombradísimos, tanto, que los dos a un tiempo exclamaron:

—¡¿Oíste lo que yo oí?!

Resultó que el colibrí se llamaba Li. Ese nombre, tan ágil como él, le eligió Inés y así le gustaba que lo llamaran. Resultó también que era un colibrí bastante parlanchín. Él había escuchado de otras aves historias sobre dragones y se las quería compartir.

Fue así que supieron de la leyenda de los talismanes que los ayudaría a encontrar la guarida de la fabulosa bestia. Les dijo que si hacían en piedra la figura de un dragón enroscado como anillo y la sumergían por diez minutos en el lago Mayor, donde el reptil de aire se bañaba, ésta atraparía parte de su energía.

También les explicó que si se colgaban este amuleto al cuello, les transmitiría el calor de las fauces del colosal dragón cuando éste estuviera cerca de ellos. "En ese momento —les advirtió— deberán quitárselos pues, si se acercan demasiado, el dije mágico podrá quemarles la piel."

Esteban y Rulo no sabían si creerle al diminuto y sagaz colibrí, pero decidieron que no tenían nada que perder. Por el camino, recogieron barro y se sentaron a hacer cada uno su figura de dragón. Después de completarla, la dejaron secar toda la noche mientras dormían.

Al día siguiente, Esteban desayunó fruta y pan, Rulo pan y fruta y Li un poco de néctar de flores rojas. Con la panza llena y el corazón esperanzado, reanudaron el viaje.

A media jornada encontraron el lago Mayor, allí sumergieron sus talismanes, tal como les dijo el colibrí, y se los colgaron al cuello. No había pasado una hora cuando los dos primos empezaron a sentir calor en el pecho, justo donde reposaban los amuletos de piedra. Levantaron la vista y descubrieron que en lo alto, por encima de sus cabezas, volaba el monstruo.

Rulo se subió al árbol más prominente y desde allí, como un vigía, pudo espiar exactamente en qué cueva del monte más elevado entraba el descomunal dragón. ¡Acababa de descubrir su guarida!

Esteban ensilló los caballos y los preparó para el viaje. Mientras lo hacía, se le ocurrió una gran idea para vencer al enemigo. La compartió con su primo y juntos fueron urdiéndola en el camino.

Al atardecer, en el último pueblo que atravesaron antes de subir al monte, consiguieron lo necesario para llevar a cabo su plan: dos maderos fuertes, dos escaleras muy altas y tomaron prestados una carpa de circo, pinturas y una enorme caja.

Cuando llegaron a la caverna que Rulo había identificado desde la copa del árbol, y confiados en que el talismán los alertaría de la llegada del dragón de aire, pusieron manos a la obra. Fijaron los maderos para unir por los costados a los dos caballos. Sobre ellos colocaron las dos escaleras formando un ángulo, y allá se treparon. Cubrieron este esqueleto con la carpa y la coronaron con la caja en la que habían dibujado, con anaranjados, rojos y verdes, una cara monstruosa capaz de asustar al más plantado.

Li los ayudó llamando a once cuervos que graznarían al mismo tiempo para darle a aquel armazón una voz de trueno que aterraría a cualquiera.

Tenían que aliarse con la noche para que en la penumbra, apenas iluminada por la luna, el dragón pensara que enfrentaba a un monstruo.

Se pusieron de acuerdo sobre cómo lazarían a la bestia entre los dos y toda la tarde se ejercitaron para que ninguna fuerza consiguiera romper los nudos con los que amarrarían sus fauces.

Ocupados en esa faena, y sin tiempo que perder, enviaron a Li a investigar cómo estaba Inés en el interior de la tenebrosa caverna.

La princesita había recibido el mensaje dibujado por Esteban y Rulo y lo había colocado en un nicho de la cueva. Estaba tranquila y jugaba contenta con las piedras preciosas que el dragón tenía almacenadas en un arcón, pero en cuanto vio venir a su pequeño amigo se sintió de verdad feliz.

El colibrí la puso al tanto de los planes de rescate y la princesita sonrió pensando que no era necesario amarrar al dragón para que guardara su fuego, bastaba con darle de comer mazapanes. Afuera, los valerosos primos se preparaban para la lucha.

En cuanto se metió el sol y la luna despuntó en el horizonte, el dragón regresó a su guarida.

Rulo y Esteban sentían en el calor del pecho la proximidad del mítico animal. Cuando lo tuvieron enfrente, la piel les ardía. Un cruce de miradas fue la señal para que, con un mismo gesto, se arrancaran los talismanes y los lanzaran con fuerza. Al mismo tiempo explotó el poderoso graznido de los cuervos. Cuando sintió en su cara las dos piedras que quemaban como lava de volcán, el monstruo soltó un gemido que hizo temblar la tierra y se abalanzó sobre ellos. Con gran habilidad, los jovencitos lazaron sus fauces con la cuerda y le dieron diez vueltas alrededor de la cabeza del monstruo.

Todo parecía salir tal y como Esteban lo había imaginado: a medida que el dragón se enojaba más y más, seguía enrojeciendo al tragarse su propio fuego. Sin embargo, cuando pensaban que habían logrado su empeño, el calor que emanaba de aquellas fauces hizo arder las cuerdas que las ataban y el dragón quedó liberado de golpe.

Con un solo coletazo destruyó el enorme animal que habían montado con palos sobre los caballos. Rulo y Esteban apenas se salvaron gracias a su habilidad para trepar a los árboles.

Agazapados en la copa de un gran pino, los primos vieron a la fiera perseguir a los caballos que, por suerte, supieron escapar por un túnel donde el enorme cuerpo del dragón no pudo entrar.

El monstruo, que en el aire era tan ágil, en tierra se movía con cierta torpeza. Confundido, tardó en darse cuenta de que su larga cola sí podía penetrar en el túnel, y cuando logró introducirla por aquel hueco de la montaña, los corceles ya estaban a buen resguardo.

El dragón no salió ileso de esa aventura, una saliente dentro del túnel le dejó un largo arañazo en su afilada cola. Lo vieron lamerse la herida durante un buen rato y fue entonces cuando Rulo tuvo una gran idea. ¡Ya sabía cómo confundir a la bestia y hacerlo usar su veneno contra sí mismo!

Le contó con detalle su plan a Esteban y decidieron regresar al pueblo muy temprano a la mañana siguiente.

Cuando despuntó el día, le mandaron un mensaje a Inés con su amigo el colibrí. No debía temer por su vida, esa misma tarde vencerían a su secuestrador y volverían al castillo.

Cuidando no hacer ruido para evitar despertar al dragón, que dormía en la entrada de la cueva, donde la princesita estaba encerrada, los primos atravesaron el túnel, encontraron sus caballos y partieron rumbo al pueblo.

Li voló junto a su amiga y le dijo en secreto todo lo que sabía: algo, quien sabe qué, tramaban los primos para que el dragón se distrajera con su propia cola. Pensaban que así lograrían vencer al monstruo y liberarla.

A media mañana el dragón voló hacia el bosque y regresó, poco después, con un canasto en las fauces.

Inés comió con gusto los frutos del bosque que el dragón, como cada mañana, trajo para ella y esperó con paciencia el regreso de los dos primos.

"En realidad —pensó la princesita—, si lo que quieren es que Dragón persiga su cola, bastaría con que le pusieran un cascabel, y yo tengo tres. No hacía falta que fueran hasta el pueblo."

Se quedó muy reflexiva. El viaje con el dragón había sido divertido, pero extrañaba a su hermano y a su primo. No había platicado con ellos desde hacía ya dos largos días y, sí, le gustaría mucho volver a casa, ver a las abuelas y a la nana y también a los guardias y al gato Benjamín y al perro y a los patos y a los aldeanos y abrazar a cada uno y después dormir en su cama.

Para distraerla y hacer más corta la espera, el colibrí le platicó su propia y muy larga travesía.

Él, como todos los colibrís, había nacido muy lejos, en América, y fue atrapado con cuatro de sus hermanos por un siervo del rey, sí, un criado del mismísimo padre de Inés. Ese hombre quería ganar el favor del monarca. Sabía muy bien que el rey amaba los pájaros y que se sentiría muy complacido de tener ejemplares tan extraños en su reino.

Así que fueron robados y llevados, cada uno en una jaula y dentro de un oscuro barril, en la gran bodega panzona de un barco de vela que tardó tres meses y tres días en atravesar el Atlántico para llegar a ese lugar espléndido, sí, pero diferente y distante al que era suyo.

Lo único que lo consolaba de su pérdida era la amistad de Inés. La princesita sintió que ella, además de la amistad de Li, contaba con el cariño valiente de su hermano y su primo.

Cuando caía la tarde regresaron, casi al mismo tiempo, los primos y el gran monstruo. Resguardados en el túnel, los muchachos vieron llegar al dragón. Debía de haber atrapado un enorme lagarto, pues regresó con bastante sed.

Bebió a grandes sorbos agua del lago, después subió a su guarida y se echó a dormir, tapando la entrada de la cueva con su voluminosa panza.

Los primos seguían sin poder abrazar a Inés, pero confiaban en que esa tarde la liberarían.

Esperaron impacientes mientras el sueño del monstruo cuajaba y se hacía profundo. Se dieron cuenta de que estaba a punto cuando su respiración se hizo acompasada y rítmica: tres ronquidos y un silbido, tres ronquidos y un silbido, tres ronquidos y un silbido. Era la señal para actuar.

Rulo y Esteban pusieron manos a la obra. Sacaron pinturas y pinceles y empezaron a trabajar, diligentes pero con gran sutileza, para no despertar al dragón. Tardaron una hora en convertir la verde cola del monstruo en un enorme cocodrilo con ojos saltones y cuarenta blancos y filosos dientes a lo largo de su larguísima man-

díbula. Se dieron cuenta de que todo iba saliendo bien cuando oyeron la voz asombrada de Inés:

—Mira, Li, hay un cocodrilo en la entrada. Míralo, allí, está echado junto a Dragón.

Con mucho sigilo, Rulo y Esteban recogieron unos guijarros y se resguardaron de nuevo en la copa del pino. Desde allí empezaron a lanzar las piedras que alertaron al monstruo.

El dragón despertó colérico. ¡Quién se atrevía a interrumpir su sueño!

Lo primero que vio frente a sus ojos fue un cocodrilo insolente que se levantaba frente a él con ojos saltones y dientes amenazantes. Lo atrapó con las patas delanteras y quiso someterlo, pero el animal se debatía con gran fuerza buscando zafarse y lo obligó a caer de costado. Esto enfureció aún más a la fiera, que empezó a perseguirlo dando vueltas y vueltas tras él hasta marearse y hasta que se le nubló la vista. Cayó aplastándolo por completo con su enorme cuerpo y lo inmovilizó.

Esteban y Rulo veían con emoción cómo su plan se iba haciendo realidad, paso a paso y exactamente como lo habían imaginado. El monstruo atacó al cocodrilo embistiéndolo como un toro con sus cuernos laterales y se dispuso a clavar su cuerno venenoso. En ese momento, un movimiento de la torpe cola atrapada en el disfraz de cocodrilo hizo desviar dos centímetros la cabeza del dragón, que terminó enterrando su cuerno en la tierra. Allí se derramó el viscoso veneno. Desde su escondite, Rulo y Esteban vieron morir enseguida a todas las plantas de unos cincuenta metros a la redonda, pero el dragón y su cola seguían intactos.

El monstruoso animal se incorporó ciego de furia y dispuesto a lanzarse sobre sus enemigos. En ese momento trastabilló, perdió el equilibrio y, rodando rodando, cayó por la barranca hasta el fondo del lago. Fue así como el gran cocodrilo y las esperanzas de los primos de volver a casa esa noche se diluyeron en el agua.

Ni Rulo ni Esteban se iban a dar por vencidos. Si no habían logrado que se ahogara con su propio fuego ni que lo penetrara el veneno de su cuerno, tenían que hallar su corazón y darle muerte.

Encontraron unas semillas muy grandes y huecas con las que solían jugar rebotando el sonido del eco en los grandes salones del castillo. Ahora podían servir para amplificar el sonido de sus latidos. Lo probaron en uno y otro.

Esteban oyó el corazón de Rulo y Rulo el de Esteban. El problema era que para escucharlo tenían que presionar muy fuerte sobre el pecho del otro, lo que con seguridad despertaría al dragón.

Ya estaban desanimados cuando apareció volando la solución:

—No hay problema —dijo Li con toda naturalidad—. Yo puedo hallar su corazón.

—¿Te atreverás a caminar sobre la panza del dragón? —preguntó Rulo con admiración.

—Eso es imposible —contestó Li—, mis patas sólo sirven para pararme, no para caminar. Volaré al ras de su vientre con el oído atento. Donde escuche sus latidos me posaré y marcaré una cruz.

Los primos hicieron que el colibrí volara primero sobre el pecho de Rulo y después sobre la panza de Esteban. Ninguno de los dos sintió los aleteos ni el momento en que sus cuatro gramos se posaron sobre ellos. Juzgaron entonces que era una excelente idea.

Li se dispuso a buscar la rosa Floribunda, cuyo néctar deja una marca indeleble y la cual sólo crece más allá del bosque, en los jardines encantados del Ogro Feliz.

Antes de marcharse sentenció:

—Lo difícil será que ustedes sean capaces de clavarle la espada en el sitio exacto, con gran fuerza y en el primer intento, pues el dragón no les dará dos oportunidades.

Rulo y Esteban empezaron a entrenar con un costal lleno de tierra sobre el que habían marcado una cruz. Habían decidido que quien fuera más preciso al clavar la espada en el punto marcado sería el matador del dragón.

Al principio, quien lo lograba con perfección era Rulo, pero Esteban entrenó con disciplina y constancia y para el mediodía ya había alcanzado en destreza a su primo el escudero.

Entonces intentaron medirse. El que fuera capaz de clavar la espada hasta la empuñadura, le daría muerte al dragón. Ninguno lo logró, así que decidieron unir sus fuerzas, sincronizar sus movimientos y hacerlo juntos.

Al atardecer ya lo conseguían en nueve de cada diez intentos.

Esta vez no esperarían a que cayera la noche, tenían que intentarlo con la suave luz del atardecer, para ver con claridad la marca del colibrí.

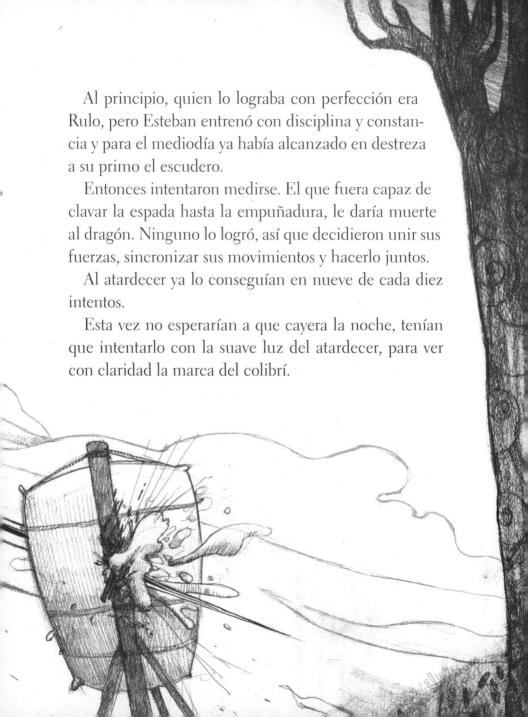

Cuando el dragón regresó de su vuelo vespertino, se echó a dormir la siesta en la entrada de la cueva, como acostumbraba, obstruyendo de nuevo con su gran panza el paso de cualquiera que quisiera hablar con la pequeña cautiva.

Cualquiera menos Li, que al ser tan pequeño cabía en todas partes.

Al regresar de su expedición, el colibrí se coló en la cueva y le explicó a la princesa que había ido a buscar el néctar de la rosa Floribunda, para marcar con precisión el lugar del oculto corazón del monstruo.

Inés sonrió pensando que encontrar su corazón era mucho más fácil, bastaba con mirarlo profundamente a los ojos.

Cuando la tarde empezó a pardear y los ronquidos del dragón se fueron acompasando, el trío formado por el escudero, el paje y el colibrí terminaron sus preparativos para ajusticiar a la fiera.

Con gran valor se acercaron. Iban sin armadura, yelmo ni zapatos. No querían que ningún ruido lo alertara.

Li inició el vuelo sobre el gran vientre del dragón, volaba cada vez más bajo, hasta hacerlo a menos de un centímetro de la piel del monstruo. El silencio era tan denso que lo cubría todo como una gran capa gris.

De pronto vieron cómo el colibrí se posaba encima del dragón y descansaba con levedad y cuidado su cabecita sobre un rincón, justo del lado izquierdo y en la parte baja de su vientre. Cinco segundos estuvo inmóvil, después levantó el vuelo, llenó su largo pico de néctar de rosa Floribunda y regresó a marcar una cruz en el lugar preciso donde se ocultaba su corazón.

Los primos cruzaron miradas. Era el momento de darle fin. Ahora sí todo saldría conforme a sus planes. Corrieron juntos al final del camino, a cuatro manos levantaron la espada y tomaron vuelo para clavarla sobre aquella marca.

Li no quería ver, lo que acababa de hacer lo horrorizaba. Cerró los ojos con fuerza y voló a refugiarse con la princesa Inés.

En el preciso instante en que Rulo y Esteban se preparaban para hundir el filo de la espada, un profundo y fuerte ¡¡¡NOOOOO!!! salió del fondo de la caverna y los detuvo en el aire.

El grito despertó al dragón, que al levantarse de golpe estuvo a punto de aplastar con sus enormes patas a los dos primos.

El paje y el escudero consiguieron escabullirse entre las patas del dragón y, sin pensarlo, corrieron sin rumbo y fueron a dar precisamente al fondo de la cueva. ¡Ahora eran tres los prisioneros del monstruo!

—¿Por qué gritaste, Inés? Estábamos a punto de vencerlo —le reclamaron los primos.

—Es que no queríamos que lo mataran… —respondió la princesa.

—Pero si a eso vinimos, a vencer al dragón, para liberarte —dijo su hermano.

—Matarlo no es lo mismo que vencerlo —les aclaró Li.

—¿Cómo que no es lo mismo? —replicó Rulo.

—Claro que no —explicó Li con paciencia—. Si lo matan, se perderá para siempre la oportunidad de que él se venza a sí mismo y cambie.

Mientras discutían en el fondo de la caverna acerca de las profundas diferencias entre vencer y matar y sobre

un asunto aún más peliagudo: ¿el vencedor es quien vence al otro o el que se vence a sí mismo?, afuera, en la claridad de la tarde, algo extraño estaba sucediendo.

El dragón encontró la marca del néctar de Floribunda sobre su corazón. Sorprendido, se metió al lago para borrarla de la misma forma que desvaneció al cocodrilo, después de que por accidente cayera al lago y descubriera que aquel enemigo era un simple dibujo en su cola; pero esta vez no fue posible. Entonces se asustó. Aquel dragón que había logrado vencer a enemigos tan temibles como él y que, resultado de esas feroces luchas, se había hecho de varias cicatrices que lucía orgulloso, acababa de descubrir lo que significaba llevar consigo aquella marca indeleble.

Con el corazón marcado cualquiera podría matarlo. Por primera vez se sintió vulnerable, expuesto. Ya no sería nunca más un dragón invencible, ya nadie le temería. Era un mortal como otro cualquiera.

Esa noche nadie durmió, ni adentro ni afuera de la cueva.

La madrugada ya clareaba y los primos seguían discutiendo con el colibrí y con Inés.

—Un dragón es un dragón —sentenció Rulo.

—No puede cambiar porque dejaría de serlo —explicó Esteban.

—Pero un dragón malo puede convertirse en un dragón bueno —era la reflexión de Inés—. Y aunque es feroz no es taaan malo. No me apretó entre sus garras, me trajo de comer todos los días fruta fresca y hasta me dejó jugar con su colección de piedras de colores… Además, él no me raptó, como ustedes creen.

Esa afirmación dejó todo en suspenso. Por primera vez en su vida, los primos se sentaron para oír a hablar a Inés.

Les contó que desde que partieron sus padres no sabía qué hacer cuando se ocultaba el sol, que era el momento en que ellos la llamaban, sólo a ella, para contarle increíbles historias.

Sus atardeceres se volvieron tristes y en su soledad espiaba la aparición de las estrellas. Pero un día apareció sobre el cielo un resplandor que cada tarde fue acercándose más, hasta que lo pudo ver: era Dragón.

A partir de ese día, Inés lo llamaba con la mano todas las tardes y, como alguien le había dicho que era muy goloso, le ponía sobre el bebedero para los pájaros un gran plato con mazapanes.

Tres tardes comió mazapanes ella sola, pero a la cuarta el dragón bajó y de un lengüetazo limpió el plato.

Desde entonces, tenían una cita cada tarde.

Tan curiosa como era, y con la seguridad que le daba su nuevo amigo, un día Inés se trepó en su cuello, al siguiente, él la tomó entre sus garras y la llevó a dar una vuelta alrededor del lago, y así, jugando, jugando, un día la llevó a vivir con él a su cueva.

Inés no se sentía su prisionera y pensaba que, si se lo pedía, la dejaría ir. Estaba segura de que aquel monstruo, como todos lo llamaban, podía transformarse en un monstruo bueno.

—Lo que resulta casi imposible —les explicó Li— es que él mismo decida cambiar. Necesitará mucha ayuda, pues no está acostumbrado a reflexionar, requiere que alguien más le haga las preguntas correctas.

—¡¿Qué preguntas?! —quisieron saber los primos.

—Pues ésas, las que todos nos hacemos cuando pensamos. Ya les he dicho que él no sabe cómo hacerlo, así que necesitará interlocutores muy valientes que se atrevan a acercarse a él, a hacerse escuchar y a formularle las tres cuestiones que tiene que resolver para transformarse desde el interior.

Lo primero entonces era salir de la cueva y enfrentarse con el monstruo mirándolo a los ojos. Observaron que el dragón estaba distraído, se rascaba el vientre, justo en el lugar del corazón, tratando inútilmente de hacer desaparecer la marca. Esteban y Rulo aprovecharon el momento y corrieron a tiempo para trepar al pino. Los primos treparon muy alto, hasta llegar a la altura de sus ojos.

Se tomaron de la mano y cada uno se concentró en uno de los ojos del dragón. "Una mirada firme tiene poderes hipnóticos", les había explicado Li. "Cuando consigan que el dragón les muestre el foso profundo que

hay en sus ojos, hagan la primera pregunta", y el pequeño colibrí se las sopló al oído:

—¿Quién eres? —dijo Rulo con voz clara.

El dragón no contestó de golpe, rumió durante mucho rato mientras los primos mantenían la mirada fija
en lo más profundo de sus ojos.

Para saber quiénes somos, cada uno debe preguntarse
por sus raíces y su historia. El monstruo pensó en sus
orígenes, en todo el mundo fantástico del que formaba
parte, en las narraciones gloriosas que construyeron su
fama, en el dragón temible que fue y en el ser desconocido en el que se estaba convirtiendo.

—Soy el que he sido —dijo—, pero desde hoy, un poco
menos.

La segunda pregunta llegó por el mismo camino que
la anterior. Esta vez la formuló Esteban:

—¿A qué le temes?

Para encontrar a qué le temes debes ser muy honesto y
reconocer dónde y por qué tiembla tu alma. El monstruo
pensó en lo que sería volar sobre las aldeas y los pueblos
con el corazón al descubierto, expuesto a la ira de cual-
quier villano.

—Temo a vivir expuesto… —lo dijo con honda tristeza, pues aún no había descubierto que allí donde estaba su fragilidad encontraría su mayor fuerza.

La tercera pregunta, y la más importante, la hizo Inés desde la rama más baja del pino:

—¿Quién te quiere?

La mirada interrogante del dragón le exigió aclarar:

—¿Quién puede ser tu aliado, tu amigo, tu salvación?

El dragón no tenía respuestas para esas preguntas. Nunca necesitó de los otros. No requirió de alianzas ni aprendió a contar con nadie. En ese momento se reconoció terriblemente solo y se dejó caer sobre la tierra como un barco que naufraga.

Pasó largo rato en un profundo silencio, hasta que sintió un peso leve y un movimiento suave que le dio calor a su corazón. Era una caricia de la princesa Inés en el lugar exacto de la marca indeleble.

Así supo el dragón que sí tenía aliados. El paje y el escudero prometieron que nadie sabría por ellos el significado de la marca indeleble y tuvieron una idea genial: le pidieron a Li que consiguiera más néctar de la rosa Floribunda, y luego los tres niños y el colibrí se pasaron el resto de la tarde dibujando crucecitas rojas a lo ancho y a lo largo del enorme vientre de la fiera. Eran tantas, que ni el mismísimo Li podía decir ahora cuál fue la primera que hizo: el lugar exacto del corazón del dragón.

Este pacto de silencio le devolvió a la fiera un poco de la seguridad perdida, y al admitir que un corazón expuesto lo hacía vulnerable, pero el sentirse querido lo hacía muy fuerte, se venció a sí mismo.

Lo hizo tan convencido, que los tres niños y el colibrí vieron de inmediato su transformación en el fondo de sus ojos. Entonces le pidieron que los llevara de regreso al castillo.

Volvieron, todos vencedores, todos más fuertes, sobre ese animal portentoso que decidió usar la fuerza ganada para aprender a vivir con el corazón al descubierto.

Los habitantes del castillo y los aldeanos que se juntaron al verlos llegar fueron testigos de cómo el enorme dragón humilló su cabeza, bajándola hasta el piso, para que descendieran Rulo, Esteban e Inés con su colibrí en el hombro. Al incorporarse, se encontró con las miradas de sus amigos y notó en ellas un respeto nuevo, desconocido, un respeto sin miedo.

La aldea entera los vitoreaba y en el castillo los recibieron llenos de alegría los guardias, los pájaros, el perro, el gato Benjamín, los patos, los leñadores, la nana y las dos abuelas.

En la cocina, alrededor de la chimenea, calentitos por el fuego y por la alegría de haber vuelto triunfantes, contaron su travesía con detalle mientras cenaban y reían.

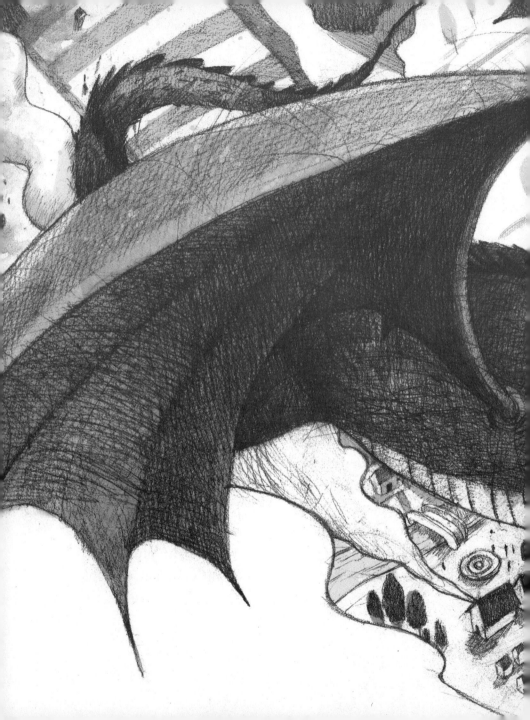

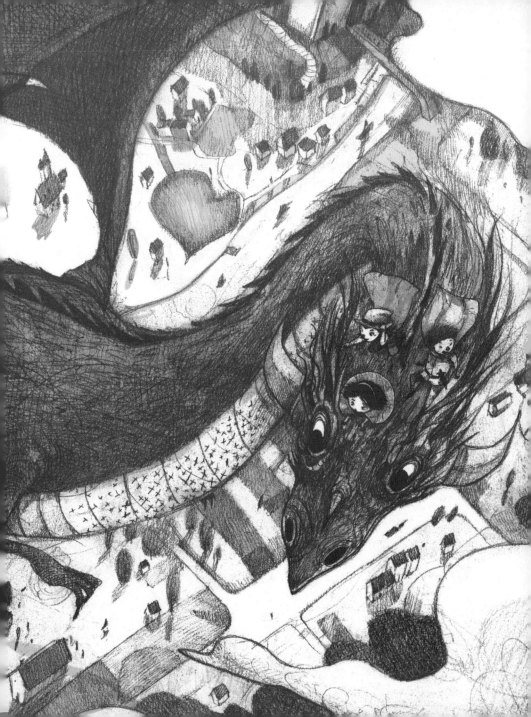

Celebraron también la noticia de que en dos días más regresarían el rey, la reina y todos los caballeros del reino. Ya habían enviado una avanzada a informarles que, cumplida su encomienda, retornaban satisfechos.

Se llevarían una gran sorpresa al comprobar que aquel descomunal dragón se había vencido a sí mismo y ahora surcaba los cielos con un vuelo más poderoso.

Inés fue la primera en notar que era un vuelo ligero, libre del peso enorme de hacerse temer por los otros. También advirtió que los fogonazos que ahora lanzaba desde el cielo no los ofrecía llenos de furia, sino como fuegos de artificio.

Cuando todos fueron a descansar, una de las abuelas se quedó en la cocina preparando el gran pastel para la celebración y la otra se encerró en la torre más alta para escribir esta historia, antes de que olvidase cómo sucedieron los hechos.

La marca indeleble, de Alicia Molina, con ilustraciones de
Carlos Vélez, número 229 de la colección A la Orilla del Viento,
se terminó de imprimir y encuadernar en junio de 2019
en Impresora y Encuadernadora Progreso, S. A. de C. V. (IEPSA),
calzada San Lorenzo, 244; 09830 Ciudad de México.

El tiraje fue de 3 600 ejemplares.